台灣小說·青春讀本

文學是文化的精華，起源於生活，扎根於土地。

遠流出版公司

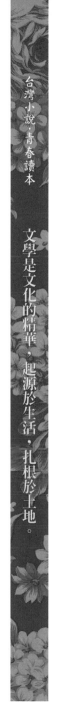

總序

許俊雅

記得十年前我初次看到橫式台灣地圖時，心中充滿驚奇與喜悅，不僅因它像一隻充滿想像的鯨魚，我想最主要的是它打破我平常的慣性認知。我只能大約看出它的輪廓，圖中很多區域不明，煙嵐樹林飄散其間，經緯度雖然沒有現在的地圖清晰，可是也就相對不是那麼機械化。那是一張充滿想像的地圖。

這世界是豐富的，沒有找到的、不確定的，永遠是充滿想像的空間，讓人無限的憧憬。而文學的創作與閱讀也是這樣，作家在創造形式與題材上，不斷向自己挑戰，作品所留下的廣闊想像空間，有待讀者去填補、延續，讀者則因各人不同的境遇、不同的學力、不同的生活經驗，同一部作品因人、因時而有不同的感受、領會，每篇文章具有雙重甚至多重的效果。

然而，近年我深刻感受到人類的想像力與創造力，隨著資訊的發達，影像世界無所不在的侵吞羈占，我們的想像與思考正逐漸在流失之中。想像力的激發與創造力的挖掘，絕非歸功聲光色的電子媒介，而是依賴閱讀，尤其是文學作品的閱讀。因此，我們衷心期待著「文學」能成爲青少年生命的伙伴。

青少年透過適合其年齡層的文學作品之閱讀，可以激發其想像力、拓展其生活經驗，使之產生心靈相通的貼切感。這樣的作品，不僅是他們傾訴、表達、質疑、宣洩情感的管道，同時也是開發自我潛能、了解自我，學習尊重他人與自然萬物和諧共處的途徑，通過文學的閱讀、交流，把心靈中美好的因素、崇高的因素調動起來，建立一種對生命的美好信心，及對生活的獨立思考。

我相信文學固然需要想像的翅膀凌空飛翔，但也唯有立於自身的土地上，才能感受到落地時的堅穩踏實。我們要如何認識自身周遭的一切呢？我固執地以爲文學最能說出一個人內心眞正的想法，透過文學去認識一個地方、一個民族、一群生活在這塊土地上的人們，遠比透過閱讀相關的政治經濟方面的報導來得眞切。因此這套《台灣小說・青春讀本》所選的小說，全是台灣作家的作品，這些作品呈現了百年來台灣社會變遷轉型下，台灣人的生活方式、歷史經驗、人生體悟、文化內涵等。

表面上看起來我們是在努力選擇，其實，更多的是不斷的割捨。割捨篇幅太長的小說，割捨隱喻豐富不易爲青少年理解的小說。「割捨」，使選編者不免感到遺憾，因爲每一位從事文學推廣的工作者，心中總想著帶領讀者進入繁花盛開的花園，而今可能只是帶來小小的盆栽，我們只能先選取這些作家這些作品呈現在你眼前。但有「捨」必然也會有「得」，「捨得」一詞可作如是觀。透過這一盆一盆的花景，我們相信應能引發讀者親身走入大觀園的興趣，而此時種下的文學種籽，値得你用一生的時間去求證、去思索、去體悟。

閱讀之餘，我們向作者致敬，由於他們的努力創作，讓我們有豐富的精神糧食，這時代除了儲存金錢、健康的觀念之餘，我們也要有儲存文學藝術的觀念，才能豐富生活，提昇性靈。我們也向讀者們致意，由於你們的閱讀與參與，因此使所有的過程變得更有價値、更有意義。

〔圖片提供者〕

◎頁一一、頁三五上、下右、頁四〇（除右下以外）、頁四一（除左上以外）、頁四四、頁四五右、中，吳梅瑛攝
◎頁一三、頁二五左下、頁三〇左，莊永明提供
◎頁一四、頁一九、頁四二、頁四七，遠流資料室
◎頁一五，中影提供
◎頁一八，張三繪製
◎頁二〇、頁二一、頁二五左上素描、頁四三素描，楊大緯繪
◎頁二二，徐仁修攝
◎頁二四上、下、頁二五中、下素描，遠流台灣館提供
◎頁二四上、下、頁二五右上、右中、中、頁四三上，國立台灣歷史博物館提供
◎頁三〇右、頁三一，陳輝明提供
◎頁三二、頁三四、頁三五下左、頁五一、頁五四，小川攝
◎頁四〇右下、頁四一左上，李疾攝
◎頁四五左、頁四六，簡媜繪。

台灣小說·青春讀本 5

銀鬚上的春天

文／黃春明　圖／梁正居
策劃／許俊雅　主編／連翠茉　編輯／李淑楨　資料撰寫／吳梅瑛
美術設計／張士勇、倪孟慧、張碧倫

發行人／王榮文
出版發行／遠流出版事業股份有限公司
台北市南昌路2段81號6樓
郵撥／0189456—1 電話／（02）2392-6899
傳眞／（02）2392-6658
著作權顧問／蕭雄淋律師
輸出印刷／中原造像股份有限公司
2005年7月1日　初版一刷　　2016年9月20日　初版六刷
ISBN 957-32-5554-5　定價 200元
（缺頁或破損的書，請寄回更換）

YLib 遠流博識網 http://www.ylib.com　E-mail：ylib@ylib.com

銀鬚上的春天

黃春明

今年的春天一直落雨。

這一段日子潮濕得很。幾乎每天晚上睡覺蓋被保暖的人，都變成烘焙棉被的人炭。因為那濕冷又重的被子一蓋上去，人自然就縮成一團。等

到覺得暖和舒適，天正好也亮了。除此之外，村子裡很多東西也都發霉。像接近地面的桌腳板凳腳、豬圈的樑柱都長了菇菌，像一把一把撐開的小傘。

村子裡的住家，每

水的宜蘭

黃春明出生於北台灣的蘭陽平原。經常在氤氳迷濛中的蘭陽平原，三面環山圍起了水氣，一年中下雨的天數可達兩百天以上，河流由西面穿山而出，在山與平原間形成大小水埤。河川與豐沛的地下水，使蘭陽平原上縱橫的溝圳水流不息。

以「雨的孩子」自稱的宜蘭人，對水的依賴和搏鬥，從不在缺水之苦，只愁洪水肆虐，河水改道沖毀田園，遠在清代史籍中就多次記載。在黃春明的小說中，潮濕的空氣即是宜蘭的特殊味道。

一戶都是農家，所以只要春耕不缺水，什麼都好。誰還管它潮不潮、霉不霉。榮伯的老關節，從下雨的前一天就一路疼痛。家人要帶他去看醫生。他老人家怕花錢，硬說不用。還說太陽出來就會好。但是雨還是一直落個不停。他每天早晚到村口的小土地公廟的一趟路，也得撐傘一拐一拐，拐到那裡去燒香。廟裡的香早就點不著了，他老忘記他的下

一次計畫，要從家裡帶點得著的三炷香過去。老關節有時是不聽使喚的，這一趟他就不能即刻回頭再來。他人站在廟口，身子留在外邊，把頭和手伸進廟裡點香。點不著。再點。點到打火機頭的鐵片燙到手才作罷。他撐著傘站在雨中，順便也替腰身高的小土地公廟打傘。他等著。用感覺等著。等老關節告訴他可以走的時候，就準備回去拿香再來。老關節似乎很固執，連站都很勉強。榮伯只好舉起右手，無所事事地看看被打火機燙到的大拇指。最近幾年，村人都說他

蘭陽風情

一棚野台戲開鑼了，年少的黃春明曾經駐足這樣的戲棚下無數。其實，昔日的羅東小鎮和鄰近鄉間，莫不佈滿黃春明的足跡。電影院、打鐵鋪、羅漢腳、農家勞動、守護田園的稻草人、濱海漁村的拖網牽罟……等，蘭陽平原上的風土人情，便經常成為他日後小說創作的舞台。

的長相越來越像土地公了。他很高興，也以此爲榮。

雨仍然沒停，他抬頭看看天，心裡嘀咕著說：落？再落罷。落這麼久了，我就不相信你還能落多久。

沒幾天，太陽出來了。榮伯的老關節不痛了。他舉手遮光瞇眼瞄一下太陽，心裡笑著嘀咕說：我就不相信你不出來。村子裡的人，把家裡的桌椅搬出來，讓它四腳朝天吹吹風，曬曬陽光。當然棉被，還有一些衣服也都拿出來晾了。

同時，孩子們的大地又回來了。陽光一出來，好像

龜山島

日據時代所繪的龜山島。龜山島位於宜蘭外海，一直以來就是進出蘭陽平原的地標，也就是這樣，黃春明的詩句「龜山島那是空氣中的哀愁」，不知打動了多少離鄉背井的蘭陽子弟。

沒有不能去的地方。大孩子跑到城裡街坊，有的去泡沫紅茶店，捧村子裡去那兒工作的女孩，有的去吃冰，去逛逛。辦家家酒輩的小孩子，就在家附近的田野遊戲。這種久雨後的陽光，沒有人願意待在屋子裡。連雞鴨貓狗都各找向陽的角落，曬曬陽光舒展筋骨。野花昆蟲也不例外；粉紅色的酢醬花，黃色的蒲公英，粉紫和白色的大和草花等等，在一夜之間開滿圳溝兩岸，蜜蜂和白色的、黃色的小紋蝶紛飛其間，小孩子看了不玩也難。五六個小孩每人各摘一

說故事的人

黃春明離開故鄉之後，當過小學老師、廣播節目主持人、廣告公司文案、雜誌編輯、電視節目「芬芳寶島」紀錄片編劇等。豐富的閱歷，在黃春明筆下轉化為一個個動人的故事。他的主角幾乎都是卑微的小人物，在台灣從農業社會邁向工商現代化社會的巨大轉變和衝擊中，掙扎著討生活。比如小說〈兒子的大玩偶〉中穿街走巷的電影看板人。圖為〈兒子的大玩偶〉電影劇照。

六畜兴旺

把粉紅色的酢醬花準備到土地公廟旁的榕樹下玩。他們似乎晚來了一步，樹下已經有一位滿臉白鬚的老公公，靠著樹幹斜躺在那裡睡著了。小孩子原來不想打擾，但是聽他打鼾的聲音特別大，反而引起小孩子的好奇，而都圍過來了。

「是誰的阿公？」

「沒看過。大概不是我們這裡的人。」

「對！不是我們這裡的人。」

他們確定老公公不是這裡的人之後，

他們不但說話小聲，還往後退了半步。

「他的臉好紅，鬍子好白噢！」

「鼻子最紅。」

「皺紋比我家阿公還深。」

「看，耳朵好大。好奇怪。」這位小孩因爲外祖母常誇他的耳朵大，有福氣，所以他常注意別人的耳朵。

「他睡覺也在笑。好好玩。」

大家都笑起來了。

「噓——！」其中有一位小女孩提醒大家小聲。原來

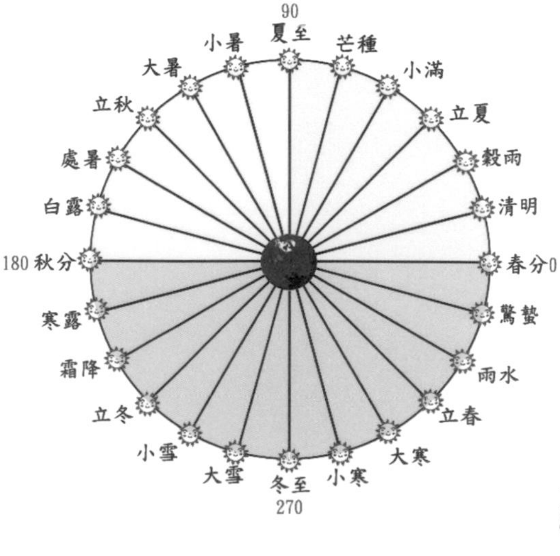

二十四節氣示意圖

這是一個春天的故事，春雨、春耕……，故事的背景盡在節氣之始。「節氣」是先民觀察四季寒暑的週期變化，所制定出來的曆法，一年中共有二十四個，每個季節有六個節氣，一個節氣大約十五天左右。

圍老公的半圓，小孩子的腳已經近到無法再移前一寸，他們只能把頭聚在一起。從後面看，老公公的上半身都被遮住了。

有一位小孩子突然想起來，說：

「我看過他！」

「在哪裡？」

被問的孩子一時又說不上來。他說：「不只一次，好像常常看到他。」

「亂講。」

農民參考書

節氣的名稱是以黃河流域的氣候而定，所以並不全然符合台灣的天氣變化。雖然如此，台灣農民依然遵循不已，所以圖中這樣一本詳載一年農事與節氣的「農民曆」，可說是農民最重要的「行事曆」。

主掌節氣的神明

風調雨順時，五穀才得以豐收。每個節氣的氣候變化都關係到農作物的收成，但自然的力量又非渺小人力所能掌握，先民因此相信每個節氣都有主掌的神明，如「驚蟄」是春雷驚醒冬眠蟲類之意，主掌的神明即是雷公；「雨水」的主掌神則是掌水的龍王。

立春

雨水

驚蟄

立夏

小滿

芒種

立秋

處暑

白露

立冬

小雪

大雪

春分
清明
穀雨
夏至
小暑
大暑
秋分
寒露
霜降
冬至
小寒
大寒

「在、在……」那孩子努力的想著。他的感覺慢慢的感染到其他的小朋友，他們臉上的表情，並不再表示懷疑了。

「我、我也好像看過他。」有一個小孩也怕人家指責他亂講，他有些擔驚的說。

沒想到最後有四個小孩也都這麼覺得。

「他是不是很像土地公廟裡的土地

公？」另外一個小孩子也不是很有把握的說。

可是大家一聽這個提示，都不約而同的驚叫起來。

「對！很像土地公。」

這一叫可把老人家嚇了一跳。原來小孩子早就把他吵醒，只是為了不掃小孩子興，他繼續裝睡，同時聽聽小孩子在討論他也覺得蠻好玩。

小孩子這邊，也知道他們叫得太大聲，一定會把老人家吵醒過來，所以他們也嚇了一跳，往後退了幾步，停在那裡觀察。老人家為了要他們放心，他稍變

種稻

配合節氣的農事大致為：春耕、夏耘、秋收、冬藏，其中又以春耕最為繁複。春耕約在立春時節，此時的工作主要有整地和插秧。

整地

在人力時代，整地工作依序有翻犁、引水灌溉、施肥、翻犁、割耙、手耙、蓋平等程序，才得以完成。除了引水灌溉、施肥之外，其他都是藉由牛力牽引完成，因此，許多農家有感於牛的幫助，至今雖改以機耕，仍然維持不吃牛肉的傳統。

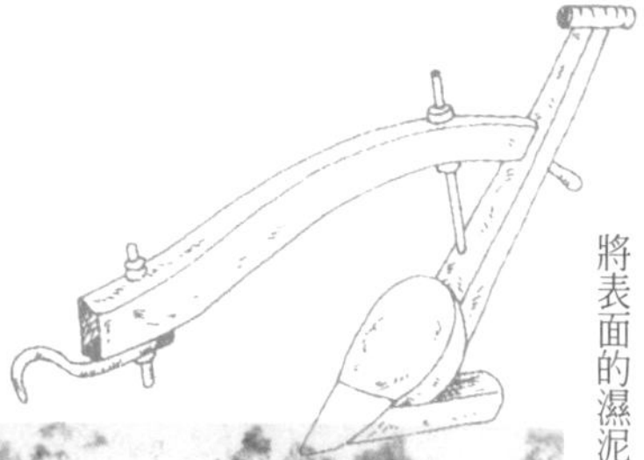

翻犁

農人駕牛拉犁，呼喝牛前進，鐵製的犁頭深入土中，第一次是將田土連雜草、稻草根翻起，第二次是將表面的濕泥翻進底層，保持土壤的水分。

割耙

割耙的形狀是兩排刀片，使用時人站立於割耙上增加重量，將割耙的刀片按入土中，將土塊切碎。

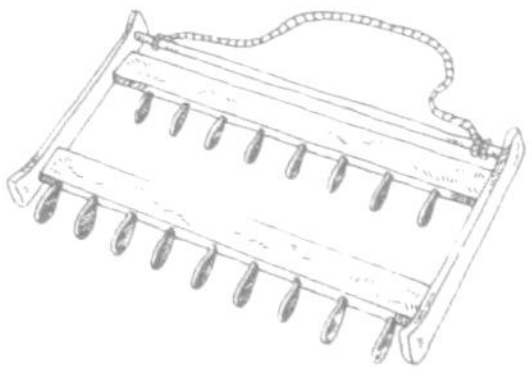

手耙

手耙又稱齒耙，成排的尖刀將翻犁時形成的小土堆梳到土溝，來回縱橫幾次，將田土切得更加細碎，使田地平整、泥軟。

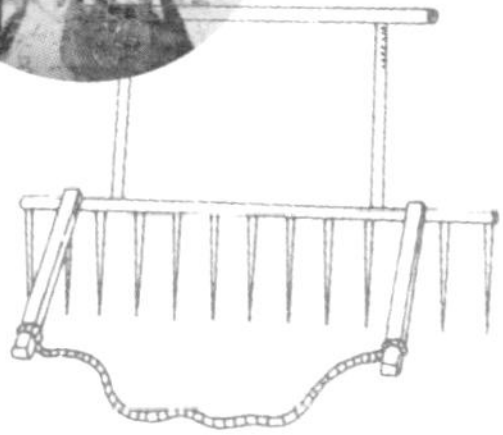

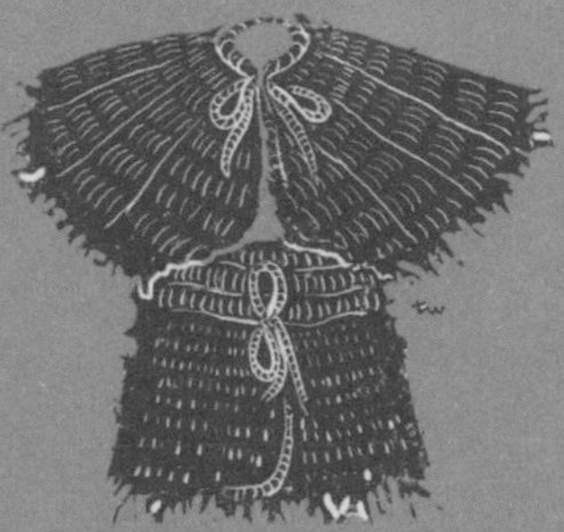

蓋平

蓋平的工具有碌碡或蓋筒，蓋筒附掛在手耙後。碌碡中間是滾筒，利用滾動將雜草、稻草根連同表面的土壓進田泥中。至此，整地工作才算全部完成。

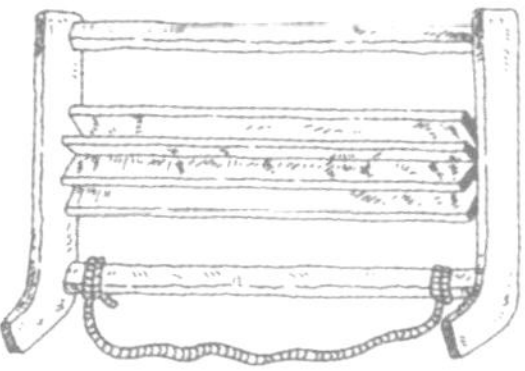

簑衣

春耕往往是雨水最豐沛的季節，斗笠、簑衣，幾乎是早年農人春耕時的必備裝束。台灣的蓑衣多用棕櫚樹纖維編製而成。製作時取棕樹葉稍整理、洗滌後成爲棕絲，再搓揉成爲棕繩。以棕繩編織成衣裙，接著領口與衣襟包邊，最後再加上帶子和扣子，以便繫綁扣起。蓑衣有衣裙分開的兩件式和整件連接的一件式兩種。

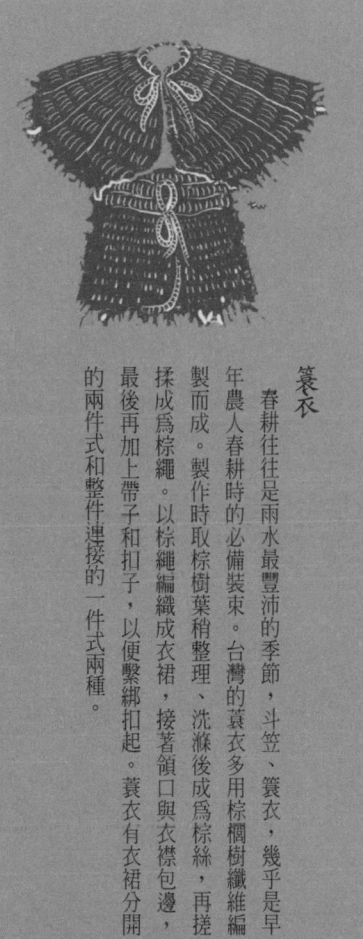

換一下姿勢，故意打起鼻雷，均勻的吐著氣，而那銀白的鬍鬚就像棉花糖那樣微微的顫動起來。

這一招眞的叫小孩子放心了。小孩子小心的圍攏過來，有人用最小的聲音說：

「看！他就是土地公。」

大家也都這麼認爲，但是相信是如此、心裡卻是有點莫名的驚怕著那種神秘的什麼。

「可是，可是土地公穿的是戲服啊。這個人穿的衣服和我家阿公的是一樣。」

「對。土地公穿靴。他是赤腳啊。」

「我們去看看土地公在不在就知道啊。」有人建議去求證一番。

他們很高興的跑步過去。快到小土地公廟時，大家卻步的慢下來，最後躡足移動身體，到距離小廟大約五六步的地方，就沒人敢再往前了。他們聚成一團你推我擠的，彎身向廟裡瞄一瞄。因爲有點逆光的關係，一下子看不大清楚。

「呀！眞的不見了。」

「眞的！」

後面的擠上來，前面的被擠得撲在地上。

「有！我看到了。」被擠倒的小孩興奮的叫起來。木

來要怪後面擠倒他的人，這下也忘了痛。「看！」

所有的小孩子都蹲下來換個角度看。他們正好看到小土地公的頭像，背對著透天的通氣孔。「看到了！在裡面。」

這時候大家被某種神秘感懾走的魂魄，才又回到小孩子的身上。他們很快的擠到小廟前。

「我來看看像不像。」

小廟的廟門只能讓一個大人探身進去，小孩子兩個算是很勉強。有兩位小孩子已經先探頭進去看了。外面只聽到兩個在裡面的頭在對話。

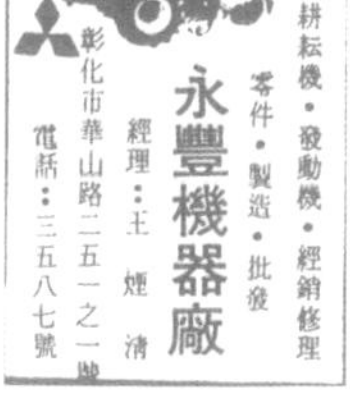

「你看像不像？」

「是有點像，也有點不像。」

「那你覺得像不像？」

「不太像。」

「不太像？」另一個提高聲音問。

「有、有一點。」沒有信心似的。「不過現在又覺得很像。」

「好奇怪，」有點洩氣的，「你說很像時，我又覺得不太像。」

農機整地法

一九五五年，政府由日本引進十三部耕耘機，取名「快樂農夫號」，農人稱之爲「鐵牛」。此後國內也開始製造耕耘機，取代耕牛進行整地作業。一九七〇年代後期，大馬力、速度快的曳引機開始普及，又逐漸取代耕耘機。曳引機的造價甚高，一般農戶無法負擔，因此出現了擁有機具的代耕中心，農民只需付費，就有專門人員到府整地，形成新的耕作文化。

興農鐵牛牌

他們這樣的對話，外頭的小孩聽了，更急著想看。

「快點——，輪到我們看。」

那兩個還沒縮頭出來之前，外面的小孩已經在爭順位了。

當大家都看完了之後，他們的結論都認爲那老人家不是土地公。只是有點像和有點不像，是他們以前沒見過的，不是村裡的人。

他們又好奇的回到大樹下老人家的身邊。老人看小孩又回來，他馬上打鼾裝睡；他覺得小孩子很可愛很

好玩，決定跟他們玩下去。小孩子們也這樣覺得，覺得這位半生不熟的老人好可愛好好玩。他們小心的圍過去。

「看，鬍鬚那麼白那麼長，最像土地公的鬍子啦。」這位孩子禁不住的彎下身，輕輕的摸它。他撫摸了幾次，老人家還是裝著酣睡的模樣。一個小孩摸成功，接著一個一個小心翼翼的都摸過了。他們吃吃的笑著。

有一位手上還握有酢醬花的小孩，他靈機一動，試

豬槽

早期農家常會在屋子外圍搭蓋小小的豬圈，用廚餘、番薯葉餵養幾頭豬，一方面可另闢收入來源，一方面豬糞又可作爲農作的堆肥。在特殊的節日，如喜慶、祭祀場合，農民也會殺豬以示隆重與慶賀。一九五〇年代以後，專業的養豬場興起，改良豬種與飼養技術，養豬成爲產值僅次於稻米的農產品，一九八六年以後甚至超過稻米。業餘農家無法與之競爭，加以化學肥料取代了糞肥，農家兼養豬隻的情形大量減少，現在農家的小豬圈多已廢棄，而放置豬食的石槽，卻再生成藝品店中養浮萍的裝飾品。

著把花結綴在鬍鬚上。大家很欣賞他的想法，大家又爭著要結花。他們的年紀才學會綁自己的鞋帶，但是要把不同質料、把花梗和鬚毛結在一起是一件很不容易的事，何況笨手笨腳的年齡。另外這一邊的老人家，如果他不是疼愛小孩子的可愛，這可是一場災難。因爲小孩已經被集體冒險同化，他們覺得緊張刺激而興奮起來；冒險往往是不顧後果，不要命的玩耍。開始的時候，他們會注意鬍鬚毛根的固定位子去將就它。本來要把花結上去就很

草仔粿

節氣來到清明，重頭戲是掃墓祭祖，綠色的草粿是必備祭品。作法是將鼠麴草或艾草的嫩葉或嫩莖水煮、去澀味後搗細，和入糯米加水研磨成的粿團中，即是綠色的外皮；皮裡面包入紅豆沙等餡料後，做成長橢圓形，放入蒸籠中炊熟，就是清香的草粿了。至於紅色的粿，則不必添加鼠麴草或艾草。

酢醬草

鄉村田間隨地可見開著紫色花朵的酢醬草，原生於南非、南美的熱帶地區，春天的三、四月間是花朵盛開的時節。細長的葉柄上頂著三片小葉，常被孩童拿來玩「鬥草」遊戲，把葉子鉤纏在一起，兩人各拉住葉柄尾端，誰的葉柄先斷就輸了。偶爾酢醬草葉片會突變成四葉，人們傳說找到這種四葉草會帶來好運，稱它為「幸運草」。

蒲公英

生命力強韌，春夏時開著小黃花的蒲公英，在大家腦中的第一印象其實是它毛球般的果實，風起時，與羽絮相連的種子隨之飄散到遠地。蒲公英在中藥裡面也是一種可以消炎、排除毒素的草藥呢！

昭和草

全年都可栽種的大和草，又叫昭和草、山茼蒿，嫩莖葉味道似茼蒿，可以食用。相傳昭和年間，日本為應大戰時可能的飢荒，而以飛機灑下種子，引進這種繁殖力極強的植物，今日在全台灣田野間仍隨處可見。

難，又要將就位置，另外還沒輪到的夥伴，在旁推推擠擠眞是難上加難。最後忘了鬚毛連肉，結得緊張的小孩，總是會拽動鬚毛。輕的還可以忍一忍，重的話就得假裝要醒過來動一下身體，小孩子就會罷手後退。老人家知道，只要他醒過來，這個遊戲就結束了，對小孩掃興，對自己嘛，膝下無孫，目前的情形何嘗不是天倫？小孩子看到差一點醒過來的老人家又大聲打鼻雷睡了。他們又圍過來繼續完成他們的創作；把粉紅色的小花結綴在銀亮的長鬚上。

在後頭還沒輪到手的小孩，一邊看人家笨手笨腳的在結花，一邊壓著聲音責罵人粗魯，要人輕一點。同時他們也在注意老人家臉上的反應。

「你看！他哭了。」有一位小女孩拍著正在結花的小孩的肩膀害怕的說。

大家的目光都集注在老人家的臉上。眞的，兩顆晶瑩的老淚珠，就嵌在兩隻眼睛的眼角和眼屎擠在一起微微顫動。所有的小孩子都愣住了，並且同時心裡有些做錯事的自責。

「不是在哭吧？他的臉在笑哪！」這個小孩多麼希望這位陌生的老人家不是哭。眞的，雖然鬍鬚蓋住了老人的嘴角往上揚的微笑，但是比先前更隆起的顴骨和就近的肌肉，那是連嬰兒都看得懂的笑容。

看了這樣的笑臉，小臉孔的緊張也不見了。吃吃忍俊不住的笑聲，此起彼落的爆開。當然，此刻的情景，此刻的一切，老人家都很清楚，清楚到好像達到了一種飽和，他那被內心的感動蒸餾出來的兩顆眼淚，也被後頭湧上來的擠得搖搖欲墜；就像兩個小孩

土地公的造型

土地公的信仰緣起於先民對於土地的自然崇拜。就如同農業社會土地與人的緊密關係一樣，土地公以親切的老爺爺形象出現，守護著地方鄉里，保祐眾民平安。敦厚穩重的面容，留著長長的鬍鬚，帶著員外帽，手拄枴杖，是土地公的標準造型。有些地方的土地公因民間傳說受皇帝飭封，就戴上了宰相帽，顯示其神格的提升。

土地廟的位置

一般的土地公神格不高，掌理事務的範圍卻十分廣泛，看土地公廟的位置，就可以知道這位土地公主要掌理的事務，像「庄頭庄尾土地公」位於街庄聚落的兩端，守護聚落平安、驅除邪祟入境。「田頭土地公」位於田邊，守護農作五穀豐收。傳統上有水斯有財，「水尾土地公」坐鎮在溪水流出聚落之處，守住農作賴以成長的水源，也守住財富。還有守護墳墓引領往生者的土地公，位於墳墓前方，稱爲「后土」或「福神」。

現代土地公

進入工商社會後，土地公守護農業與土地的角色非但沒有稍減，反而更增加了新的任務，成爲商家的財神，每月初二和十六，商家都會祭祀土地公，稱爲「作牙」，每年十二月十六日最後一次作牙稱爲「尾牙」，祭祀後的「吃尾牙」在今日更成爲公司行號的年度盛事。

踩水車

水稻生長時需浸在水中，但中間亦要數次排水曬田，重新供給土壤養分、促進稻根生長；因此灌水、排水就成為插秧後的重要工作。進入立夏之後，雨水收腳，由低處引水入田時，就要使用引水器具，其中水車和筒車是最常用的，也是歷史悠久的器具。水車又稱「龍骨車」，多用腳踩為動力，撥動水箱內的成排撥水板，將下方水道的水引到上方。筒車是圓盤狀的結構，用水流為動力，水筒將低處的水舀起，轉到高處時倒下，將水引到高處的稻田中。

一人一邊，做溜滑梯比賽時準備起跑的樣子。就在這樣的時候，小孩子們都看到了，看到原先嵌在眼角的兩顆眼淚，同時從眼角沿著鼻子，翻過因爲微笑而隆起的肌肉，再滑到鼻翼，停了一下下就鑽進鬍鬚的叢林裡了。

小孩子驚訝的，「他是在哭。」

「他不是在哭。他在笑。」

老人的淚水在裡面經過鼻腔的時

打穀

秋天，稻穗變黃時，農民要立刻收割、脫穀，直到一九八〇年代發展出收穫機以前，收割都採人工作業，脫穀時使用的摔桶，是在桶子內擺放竹格網，農民手抓稻束用力擊打竹網，稻穀就會脫落掉入桶中。日本時代發展出腳踏式脫穀機，利用滾筒的轉動分離穀粒，如上圖。脫穗後的稻穀，在稻埕上曬乾後，倒入左圖的風穀機的風鼓斗內，旋轉「風鼓手」使稻穀落下，篩選稻穀及碎石等雜物。

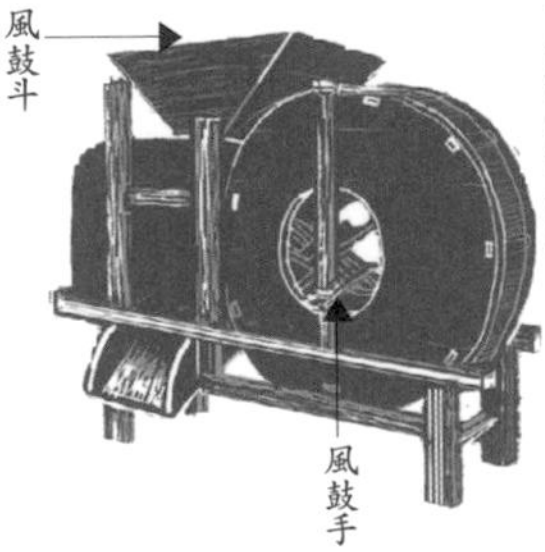

候，有些已經急著要從鼻孔流出來。這可由不得老人家，他被嗆了。他想忍住。但忍了忍，忍不住時嗆起的噴嚏聲就大了。小孩子嚇得來不及跑，只好躲在大樹的背後；其實大樹沒有辦法擋住他們，他們就在那裡擠，在那裡小聲叫。

老人家連連打了幾聲噴嚏，同時也覺得裝睡裝得太久不敢動，身體覺得有些僵硬疼痛。他知道小孩子就在樹後，故意裝著不知道，他站起身，伸伸懶腰，然後朝小土地公廟村口的方向走去。銀鬚上綴了許多粉

草垛

稻穀收割後，田間剩下一堆堆的稻草束，曬乾後的稻草束有很多的用途，所以會收集起來，堆成圓桶形的草堆，是秋收後的田間風景。

紅色的小花，由老人的走動，由微風的吹動，有光影的閃動，好像也帶動了就近的風景生動起來了。

小孩子偷偷看到老人那種愉快的模樣，有一股莫名的感動醉了他們，使他們目送老人家遠去的背影，變得有些模糊，恍惚間老人家的背影被小土地公廟擋了之後，像是一閃就不見了。小孩子都跑出來追過去看，在小土地公廟，在竹叢，油菜花田裡面，回到大樹，再到小土地公廟，這樣來回的找都找不到老人的影子。

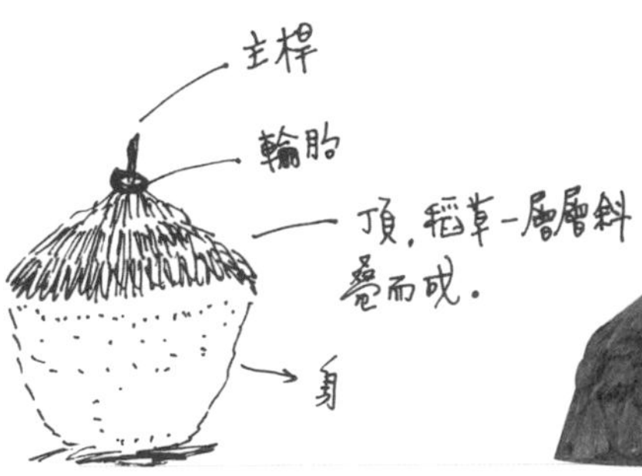

< 綁一支掃帚 >
①
一叢稻草
②
曬乾的竹枝
③
劈好的竹竿
④
用手耙掉外皮，剩下細滑的稻稈
⑤
耙乾淨的稻稈
⑥
加入曬乾的竹枝，
將稻稈扎成一小束一小束，
加強稻稈的堅韌度。
⑦
稻稈加入竹竿，
作為掃帚的主幹稻稈。
⑧
每一束稻稈及主幹稻稈
都必須適度裁切，
以免綁出來的掃帚把柄太胖、太難看
⑨
鐵線
⑩
將鐵線一端固定，拉直約120公分長，依序放入主幹稻稈及四小束稻稈，
用力慢慢捲成，捲線需平均、漂亮。

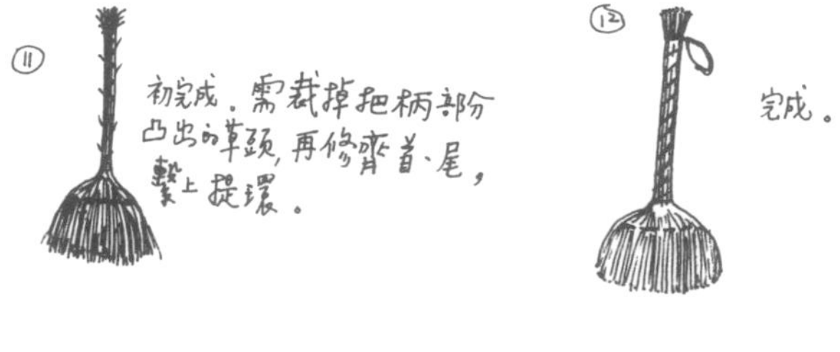
⑪
初完成，需裁掉把柄部分
凸出的草頭，再修齊首、尾，
繫上提環。
⑫
完成。

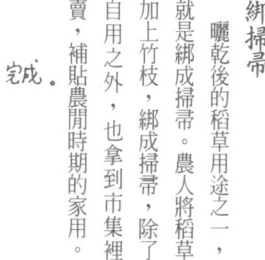

綁掃帚

曬乾後的稻草用途之一，就是綁成掃帚。農人將稻草加上竹枝，綁成掃帚，除了自用之外，也拿到市集裡賣，補貼農閒時期的家用。

小孩子們不甘心，心裡十分悵然，一個一個又探頭到廟仔看看。那裡當然不會有老人，不過大家都覺得土地公的臉上，除了平常的慈祥之外，瞇笑的眼睛瞇得更深，微笑的皺紋笑得更皺了。

榮伯遠遠的從村子裡走過來了。他沒有一拐一拐的走，因為老關節不痛了。他想來廟仔整理整理，換一束燒得著的香。

「你們又來收神明糕仔吃，是嗎？」榮伯高興的問小孩，和他們打招呼之後就探身到廟裡做他的事。

鼓亭笨

收割後的稻穀需要曝曬，使稻穀乾燥。曬乾後再將稻穀用風鼓機將枝梗、不飽滿的穀粒淘汰掉，送入圓形的鼓亭笨中儲藏。鼓亭笨以竹片編製，外敷泥灰，上面加頂蓋防雨，中間開一口供存取稻穀。

小孩子不敢提起陌生老人的事。只想提醒榮伯多注意一下土地公到底有沒有什麼不一樣。有一位小孩子說：

「榮叔公，你知道上地公爲什麼會笑呢？」

榮伯抽身出來，笑著對小孩子們說：

「出太陽啊！」他看到小孩子們困惑的臉，以爲他的答案不清楚。「我們的村子落了多久的雨啊？」他又探身到廟仔裡。這一次他看到土地公神像前面的小石案上，掉了不少酢醬草粉紅色的花，稍抬頭，也看到土地公的鬍鬚上，綴了一些花。他想，這一定是剛才那一群頑皮的小孩的傑作。他抽身出來，手裡還拿了幾朵小花，準備要向小孩子說幾句的。一看，小孩子都不見了。他看看手上的小花，彎下身看看土地公，

油菜花田

為了維持土壤的養分，在稻作休耕或兩期稻作之間，農人會種植綠肥作物，油菜、埃及三葉草、紫雲英、羽扇豆、大菜都是常見的選擇。這種作物的特色是體質強健、栽培容易、莖葉產量多、肥料成分高、分解容易，而且所需耕作勞力密度低。農人趁作物開花期、含氮量最高時犁田翻土，將作物壓入田土中，而這之前大片鮮黃粉嫩的油菜花海，則是遊客流連的景緻。

一陣風吹來，他感到滿心的暢快。往村子那邊的路上，傳來那一個年紀最小的小孩子的哭聲叫：「哥哥——等我——。」

榮伯掉轉過頭往村子裡看，他搖搖頭，笑起來了。

黃春明創作大事記

一九五六年 以「春鈴」爲筆名，發表第一篇著作〈清道夫的孩子〉（救國團《幼獅通訊》第六十三期）。

一九五七年 就讀屏東師範期間以「黃春鳴」爲筆名，發表〈小巴哈〉（《新生報》南部版）。

一九六二年 於宜蘭通訊兵學校役期間發表〈城仔落車〉（《聯合報》副刊），隨後在聯副連續發表〈北門街〉、〈玩火〉等多篇小說。

一九六三年 發表〈胖姑姑〉、〈兩萬年的歷史〉、〈把瓶子升上去〉、〈請勿與司機談話〉、〈麗的結婚消息〉、〈借個火〉等小說，是讓聯副主編林海音女士一方面提心吊膽，一方面卻又忍不住大力提攜的頭痛人物。

中國廣播公司宜蘭台，擔任記者、編輯，並主持節目「街頭巷尾」、「雞鳴早看天」，開風氣之先把廣播現場從棚內帶到棚外採訪收音。

一九六六年 發表〈男人與小刀〉（《幼獅文藝》）、〈照鏡子〉（《台灣文藝》）；十月，加入《文學季刊》，於創刊號發表〈跟著腳走〉，爾後每期均有作品發表。

一九六七年 發表〈沒有頭的胡蜂〉（《文學季刊》第二期）、〈他媽的，悲哀！〉（《台灣文藝》第十五期）、〈青番公的故事〉（《文學季刊》第三期）、〈溺死一隻老貓〉（《文學季刊》第四期）、〈看海的日子〉（《文學季刊》第五期）、〈相像〉（《文學季刊》第五期）等作品，創作最旺盛的時期。

發表劇本〈神・人・鬼〉（《文學季刊》第三期）。

一九六八年 發表〈癬〉（《草原雜誌》第二期）、〈兒子的大玩偶〉（《文學季刊》第六期）、〈魚〉（《中時》人間副刊）、〈阿屘與警察〉（《仙人掌》雜誌）等重要作品。

一九六九年 發表中篇小說〈鑼〉（《文學季刊》第九期）。出版第一本小說集《兒子的大玩偶》（仙人掌出版社）。

一九七一年 發表〈甘庚伯的黃昏〉（《現代文學》第四十五期）、〈兩個油漆匠〉（《文學》雙月刊第一期）。

一九七二年 發表〈蘋果的滋味〉（《中時》人間副刊）。

策劃「貝貝劇場——哈哈樂園」（中國電視公司）九十集，擔任編劇一職，首次引進日本杖頭木偶，塑造了家喻戶曉的人物「小瓜呆」。

一九七三年 發表重要作品〈莎喲娜拉・再見〉（《文學》季刊）。

拍攝紀錄片「芬芳寶島」系列（中國電視公司），開啓紀錄片及報紙副刊報導文學新紀元。

一九七四年 發表〈下消樂仔〉（《中外文學》第二十期）、〈小琪的那一頂帽子〉（《中外文學》）、〈往事只能回味〉、〈屋頂上的蕃茄樹〉（《中時》人間副刊）。

出版小說集《鑼》、《莎喲娜啦，再見》（遠景出版社）。

一九七五年　出版小說集《小寡婦》（遠景出版社）。

一九七六年　出版台灣民謠記事《鄉土組曲》（遠流出版社），同年於《中時》人間副刊連載。

一九七七年　發表〈我愛瑪莉〉（《中時》人間副刊）。

一九八〇年　獲吳三連文藝獎。

一九八三年　發表〈大餅〉（《文季文學》雙月刊第一期）。

小說〈兒子的大玩偶〉、〈小琪的那頂帽子〉、〈蘋果的滋味〉改編為「兒子的大玩偶」三段式電影（中影公司），吳念真編劇，侯孝賢、曾壯祥、萬仁分任導演。

小說〈看海的日子〉改編成同名電影，黃春明自行編劇，王童導演。

一九八四年　小說〈莎喲娜拉·再見〉、〈兩個油漆匠〉由黃春明親自改編、導演，搬上銀幕。

一九八五年　發表〈愕然的瞬間〉（《皇冠》雜誌）。

出版【黃春明小說集】：《青番公的故事》、《鑼》、《莎喲娜啦，再見》（皇冠出版社）。

一九八六年　發表老人系列〈現此時先生〉、〈瞎子阿木〉、〈打蒼蠅〉（《聯合報》副刊），〈從「子曰」到「報紙說」〉（《皇冠》雜誌）。

一九八七年　發表〈放生〉、〈琉球印象〉、〈等待一朵花的名字〉（《聯合報》副刊）。

一九八八年　發表〈我愛你〉、〈小三字經，老三字經〉、〈戰士·乾杯！〉等隨筆與小說於《中國時報》人間副刊。

出版《瞎子阿木——黃春明選集》（香港九龍文藝風出版社，葛浩文編）。

一九八九年　發表散文〈夜市〉、〈地震〉（《中時》人間副刊）。

出版散文集《等待一朵花的名字》（皇冠出版社）。

出版《黃春明電影小說集——兩個油漆匠》（皇冠出版社）。

一九九〇年　出版文學漫畫集《王善壽與牛進》（皇冠出版社），筆調風趣，充滿諷刺。

發表散文〈一票〉、〈解嚴〉、〈地震〉、〈恆春一號〉（《中時》人間副刊）。

發表〈毛毛有話〉系列於《皇冠》雜誌，借嬰兒之眼看社會。

一九九二年 主編語言教材《本土語言篇實驗教材——河洛語教學手冊、錄音帶》、《本土語言——河洛語系注音符號簡介》（宜蘭縣政府）。

一九九三年 出版【黃春明童話】（皇冠出版社），包括《我是貓也》、《短鼻象》、《小駝背》、《愛吃糖的皇帝》、《小麻雀．稻草人》等五本撕畫童話。

出版《毛毛有話》（皇冠出版社）。

編導兒童舞台劇「稻草人和小麻雀」。

一九九四年 發表散文〈羅東來的文學青年〉，童詩〈停電〉、〈我是風〉（《中時》人間副刊）。

發表劇本〈戰士，乾杯！〉（聯合文學）。

創立黃大魚兒童劇團。與頂呱呱企業合作設立「頂呱呱黃春明兒童劇場」，推出說故事的「週末劇場」和演出偶戲「土龍愛吃餅」。

一九九五年 發表〈SOS，請救救小孩子吧〉、〈先做一個好讀者〉、〈不感動的不寫〉、〈那一股衝動還在〉紙上對談回應讀者、（《中時》人間副刊）。

發表散文〈羅東味〉（《中時》人間副刊）、〈我們到底做錯了什麼〉（《仰山》會訊）。

編導兒童歌舞劇「小李子不是大騙子」、人偶劇「掛鈴噹」。

出版繪本《兒子的大玩偶》（格林文化），楊翠玉繪圖。

拍攝紀錄片〈紅絲帶的故事——日本輸血感染個案〉，義助愛滋病宣導防範。

一九九六年 發表詩作〈菅芒花〉（《中時》人間副刊）。

編撰〈水稻文化活動—共享豐收喜悅〉（北投農會）。

一九九七年 創作撕畫〈來去宜蘭〉、〈宜蘭有禮系列—金棗有晴、日日有魚、鴨子呱呱叫〉。

一九九八年 發表散文〈王老師，我得獎了〉及久違的短篇小說〈九根手指頭的故事〉和「老人系列」〈死去活來〉、〈銀鬚上的春天〉、〈呷鬼的來了〉於《聯合報》副刊。

出版繪本〈兒子的大玩偶〉韓文版（格林文化），楊翠玉繪圖。

獲第二屆「國家文化藝術基金會文藝獎」文學類獎。

於北京舉辦【黃春明作品研討會】，由中國作家協會、全國台聯、中國人民大學華人文化研究所共同主辦。

主持社教節目「生命．告白」（超級電視台）。

編撰〈粒粒皆辛苦——台灣舊農業的背影〉（羅東鎮

農會）。
出版《十個舊地名的故事》（宜蘭縣政府，吉祥巷工作室編撰）。

一九九九年 發表小說〈最後一隻鳳鳥〉（《聯合文學》）、〈售票口〉（《聯合報》）。
散文〈用腳讀地理〉、〈老人寫眞集〉（《聯合報》），〈陶淵明先生，請坐〉（《中時》人間副刊），〈和蕭蕭一起玩現代詩〉（《自由時報》）及兒童劇劇本〈愛吃糖的皇帝〉。
詩作〈一位在加護病房的老人〉、〈一個老人的中秋記憶〉（《自由時報》）。
出版小說集《放生》（聯合文學出版社）。
小說集《放生》（聯合文學出版社）獲《聯合報》「讀書人一九九九最佳書獎文學類」及「一九九九年台灣本土十大好書」。
小說〈兒子的大玩偶〉獲香港《亞洲周刊》「二十世紀中文小說一百強」。
創作撕畫〈龜山朝日〉。
編導兒童舞台劇「愛吃糖的皇帝」。

二〇〇〇年 發表〈文化生活不等於藝術活動〉（《民生報》）、〈大便老師〉（《聯合報》）、〈大地上的三炷香〉（《聯合報》、《世界日報》）、〈寫作有時也不那麼寂寞〉（《中國時報》）。
發表詩作〈有兩種宜蘭人〉、〈悵然大物〉、〈相約武昌街〉、〈一則無聊得要死的故事〉、〈記得昨日〉、〈想呻吟〉、〈我好寂寞〉、〈清風無罪〉、〈吃齋唸佛的老奶奶〉、〈那一個小孩站在那裡唱歌〉、〈黑夜〉（《聯合報》）、〈詩人把詩寫在大地上〉（《台灣日報》）。
發表散文〈路邊拾珍〉、〈蘇桐先生‧您好〉、〈菜園〉、〈學習〉、〈菅芒花〉、〈新娘的花冠〉（《國立台灣交響樂團‧樂覽》雜誌）。
出版【黃春明典藏作品集】：《莎喲娜啦‧再見》、《兒子的大玩偶》、《看海的日子》、《等待一朵花的名字》（皇冠出版社）。
小說集《放生》（聯合文學出版社）獲八十九年圖書出版金鼎獎「推薦優良圖書團體獎」、第廿三屆時報文學獎推薦獎。
出版小說集德譯本《Huang Chunming‧Sayonara - Auf Wiedersehen》（文建會與德國衛禮賢翻譯研究中

心合作．Arcus Chinatexte）。

二〇〇一年　北京召開「新世紀再讀黃春明研討會」。

出版簡體字版【黃春明文集】三卷本（大陸．九州出版社）、《黃春明小說集》（大陸．解放軍文藝崑崙出版社）。

任蘭陽戲劇團藝術總監。發表首部歌仔戲劇本〈杜子春〉。

二〇〇二年　編撰《眾神的停車位》（遠流出版社）。師生聯手創作，爲任教東華大學外文系創作研究所之教學成果輯。

發表小說〈眾神，聽著〉、〈金絲雀的哀歌變奏曲〉（《聯合報》）。

發表最短篇〈靈魂招領〉（《聯合報》）、〈買觀音〉、〈棉花棒．紫藥水〉（《世界日報》）。

發表政治詩〈殺風景〉。

編導兒童舞台劇「我不要當國王了」。

二〇〇三年　發表劇本〈外科整神〉（《中國時報》）。

發表詩作〈向日葵〉、〈鳳凰花〉、〈玉蘭花〉（《聯合報》）。

發表散文〈我知道你還在家裡〉。

編導歌仔戲「愛吃糖的皇帝」、「新白蛇傳I——恩情、愛情」。

二〇〇四年　發表詩作〈夜幕〉、〈冷氣團〉、〈臭頭香〉、〈酢醬草〉、〈白花婆婆針〉、〈含羞草〉（《中國時報》），〈天回天〉、〈國峻不回家吃飯〉（《聯合報》）。

與日本HITOMIZA人形劇團技術合作，編導大型現代人偶劇「外科整型」。

二〇〇五年　發表詩作〈戰士乾杯！〉、〈一把老剪刀〉、〈飄飄而落〉、〈圓與直的對話〉、〈五月〉（《自由時報》）。

發表散文〈龍目井〉（《自由時報》）。

開闢「九彎十八拐」雜文專欄（自由時報）。

編導歌仔戲「新白蛇傳II——人情、世情」。

創辦宜蘭人的文學雜誌《九彎十八拐》雙月刊。

被「放生」的老人

黃春明擅於用腳讀地理，走在鄉間小道，他強烈感受到台灣邁入高齡化社會問題的嚴重性，尤其在農村社會更甚。他在接受採訪時曾說：「老人對於草木飛禽與地方文化非常熟稔，真是人文的活水源頭，但是老年人卻成了社會轉型下的犧牲者，生時缺乏關懷與福利，甚至死無人知，還遭狗啃。因此他要替老人作見證。」提到：「台灣社會變遷很快，與我父執輩同一代的老者，往往被留在台灣某一處的山區或鄉村，終日盼望子女能抽空回來探望，無奈晚輩們總有千萬個無法返家的理由。」因此他用小說寫下了一群被現代「放生」的老人，在他的筆下，各式各樣的老人故事讓我們感到不忍、不捨。

〈銀鬚上的春天〉是他的小說集《放生》中較特殊的一篇，寫一位膝下無孫的老人的寂寞，他裝睡忍受頑童玩弄他的鬍鬚，只為了享有片刻的天倫之趣。內容主要敘述小孩們遇見老公公的情形；雨過天青，太陽出來了，孩童們稚嫩的笑聲早已漫天飛舞，如天籟之音穿梭田野，小孩們玩起辦家家酒的遊戲；有的各摘一把粉紅色的酢醬花準備到土地公廟旁的榕樹下玩，卻見樹下已經有一位滿臉白鬚的老公公，靠著樹幹斜躺在那裡睡著了。孩子們覺得那位老人家很像土地公，都不約而同的驚叫起來；這一叫可把老人家嚇了一跳，不過，為了要小孩們放心，他故意打起鼻雷，均勻的吐著氣。有一位小孩把酢醬花結綴在他的鬍鬚上，其他的人也爭著要結花；後來老人家連打了幾聲噴嚏，他裝著不知道小孩子在樹後，站起身，伸伸懶腰，然後朝小土地公廟村口的方向走去；恍惚間，老人家的背影被小土地公廟擋了之後，像是一閃就不見了！

小孩們都跑出來追過去看，在小土地公廟，在竹叢、油菜花田裡面，回到大樹下，再到小土地公廟，這樣來回的找，都找不到老人的影子。這樣的描寫帶著一種恍惚不確定性，似乎老人就是土地公（或者是榮伯）的化身，而突然遍尋不著了，也留下神秘性，令人回味，站在小孩天眞無邪的敘事角度來看，這是合理而且有生趣的。這篇小說呈現出一幅美麗動人的畫面，如同題目「銀鬚上的春天」，孩子們清澈純眞，他們幼小的身子彷彿是春天的化身，歡聲笑語不斷，他們給銀鬚老人帶來甘甜與幸福。

再回到小說前頭，我們會發現小說中另一位老人「榮伯」，他也是孤孤單單的，因此村口的小土地公廟是他的精神寄託，即使下雨、老關節發疼，他也一拐一拐拐到那裡去燒香，他不像一般人遭遇不順有所請求神明時才去拜拜，後來村民也說他越來越像土地公，他很高興，並以此為榮。這段敘述側面說出了老人在晚年的孤獨寂寞，他們依恃信仰得到另一新的生命力，使生活有了寄託，有了重心。同時小說前後都以榮伯與土地公廟的關係起結，也和中間出現的外地老人那一段呼應，似乎說明了村落裡的老人也好，外地來的老人也好，都是孤獨寂寞的，膝下無人陪伴。同時老人們多半是殘軀病體，在《放生》裡不是氣喘病、心臟病就是瞎子，或者是記憶退化啊、耳鳴偏頭痛、白內障、失去田地的「閒人」等等，〈銀鬚上的春天〉的老人榮伯則是關節疼痛，痛起來連站都很勉強。生理功能的退化是老人們普遍的困境，但小說裡的老人榮伯卻仍樂觀歡暢，不下雨的春天，明媚陽光出來了，他的生活也走進了春天，他又高高興興來到了土地公廟，最後他望著村子裡的小孩「搖搖頭，笑起來了」。作者在處理這些小細節時可說不著痕跡，相當高明。

這篇小說也不像現時普遍充滿的一股風氣：語不驚人死不休或浮誇、華麗的風格掩蓋絕對的空洞無物、極端的混亂，黃春明老老實實地爲讀者講述了一個有頭有尾、溫情脈脈的故事，讓人覺得彌足珍貴，引起讀者的共鳴和感動。這裡頭沒有濫俗老套的劇情戲路，情節很簡單，筆調很溫馨，但仔細咀嚼，溫馨之中又有嚴肅的主題，令人笑中帶淚。

有句話說「老馬識途」，可見人老並非無用，老有老的韻味，老有老的用處。老年人的知識、經驗、閱歷等方面都是年輕人無法相比的寶貴財富，這些正是老有所爲，實現人生價值的基礎和條件，社會應對老人多關懷和重視，因爲人生不售回程票，我們每個人都會步入老年，回不去青春時期。

國家圖書館出版品預行編目資料

黃春明——銀鬚上的春天 / 黃春明著；梁正居繪. —— 初版. ——臺北市：遠流, 2005
[民94]
面； 公分. ——（臺灣小說. 青春讀本；5）

ISBN 957-32-5554-5（平裝）

850.3257 94010496